9/07

-2

Nous remercions le ministère du Patrimoine canadien,
la SODEC et le Conseil des Arts du Canada
de l'aide accordée à notre programme de publication

  Patrimoine Canadian
canadien   Heritage

SODEC Québec ⠿ **Conseil des Arts Canada Council**
du Canada   for the Arts

ainsi que le gouvernement du Québec
– Programme de crédit d'impôt
pour l'édition de livres
– Gestion SODEC.

Nous reconnaissons l'aide financière
du gouvernement du Canada
par l'entremise du Programme d'aide au développement
de l'industrie de l'édition (PADIÉ) pour ce projet.

Illustration de la couverture
et illustrations intérieures :
Leanne Franson

Couverture :
Conception Grafikar

Édition électronique :
Infographie DN

Dépôt légal : 1er trimestre 2007
Bibliothèque nationale du Canada
Bibliothèque nationale du Québec

1234567890 IML 0987

MISSION CHOCOLAT POUR SIMON

**DE LA MÊME AUTEURE
AUX ÉDITIONS PIERRE TISSEYRE**

Collection Sésame

Le mystère des nuits blanches, roman, 2001.
Simon et Violette, roman, 2001.
Le secret de Simon, roman, 2003.
Un espion dans la maison, roman, 2004.
Simon, l'as du ballon, roman, 2004.
Des crabes dans ma cour, roman, 2005.
La grande peur de Simon, roman, 2006.

Collection Papillon

La fille du soleil, roman, 2005.

CHEZ D'AUTRES ÉDITEURS

Le Message du biscuit chinois, roman, Boréal, 1998.
Hugo et les Zloucs, roman, Boréal, 2000.
Chasseurs de goélands, roman, Boréal, 2001.
Alexis, chevalier des nuits, album illustré, Les 400 coups, 2001.
Le trésor de Zanlepif, roman, Boréal, 2002.
«Le rêve d'une championne», in Les nouvelles du sport,
        Éditions Vent d'Ouest, 2003.
Pas de caprices, Alice!, album illustré, Banjo, 2004.
C'est l'heure d'aller au lit!, album illustré, Banjo, 2004.
Les affreux parents d'Arthur, album illustré, Les 400 coups, 2004.
«Dans ma bouuule!», in Les baguettes en l'air, Vents d'Ouest, 2005.
Le père Noël a la varicelle, album, Bayard, 2005.
Le monstre du lac, roman, Bayard, 2005.
Les Ontoulu ne mangent pas les livres, album, Les 400 coups, 2006.

Données de catalogage avant publication (Canada)

Gratton, Andrée-Anne, 1956-

    Mission chocolat pour Simon

    (Collection Sésame ; 99)
    Pour enfants de 6 à 9 ans.

    ISBN 978-2-89633-007-2

    I. Franson, Leanne II. Titre III. Collection: Collection
    Sésame ; 99

PS8563.R379S55 2007   JC843'.54   C2007-940024-8
PS9563.R379S55 2007

ANDRÉE-ANNE GRATTON

MISSION CHOCOLAT
pour Simon

roman

**ÉDITIONS
PIERRE TISSEYRE**

5757, rue Cypihot, Saint-Laurent (Québec) H4S 1R3
Téléphone: 514 334-2690 – Télécopieur: 514 334-8395
Courriel: ed.tisseyre@erpi.com

À Jean-Aurie et Marie-Lara

PROLOGUE

(Résumé de
La grande peur de Simon)

Dans le livre précédent de la série Simon[1], Gabriel et Victoire annoncent une grande nouvelle à leur fils : toute la famille ira en Belgique ! Or, pour aller en Europe, il faut prendre l'avion. Simon panique ! Prendre l'avion ? Non, pas question. Simon a trop peur. Une véritable phobie ! Il tente d'éviter ce voyage, mais le jour du départ, il doit se résoudre à monter dans l'appareil. Le vol n'est pas de tout

---

[1] *La grande peur de Simon.*

repos, mais le soutien d'une gentille agente de bord l'aide à traverser cette épreuve.

À leur arrivée à Bruxelles, Simon et ses parents sont accueillis par Victor Dupont, le patron de Gabriel. Grâce à un bon chocolat chaud, Simon retrouve ses esprits, mais… il décide tout de même de ne pas faire le voyage de retour par la voie des airs. La semaine à Bruxelles lui fera-t-elle changer d'idée?

UNE ANNONCE
QUI NE PLAÎT PAS

— **U**n autre chocolat chaud,
Simon ? m'offre monsieur Dupont.
— Oui !

Depuis notre arrivée à Bruxelles,
hier, j'en ai bu au moins cinq !

Nous prenons le déjeuner – oups !
ici, on dit « le petit-déjeuner » – chez
le patron de mon père. Ma mère me

jette un regard plein de reproches, mais monsieur Dupont la rassure.

— Chère Victoire, le chocolat n'a jamais fait de mal à personne! Vous savez que notre produit est de première qualité. Rien à voir avec ces sirops de sucre et de produits chimiques que vous achetez chez vous! Vous le constaterez lorsque nous irons visiter la chocolaterie. Mais au déjeuner, je vous promets de ne pas commander de chocolat chaud pour Simon.

Cet homme est un vrai moulin à paroles! Il regarde ma mère avec un sourire en coin, puis ajoute:

— Il aura bien assez de la spécialité de la maison: le gâteau aux trois chocolats!

Il éclate de rire. Moi aussi! Ma gourmandise est en bonnes mains!

La visite de la chocolaterie efface peu à peu le mauvais souvenir du voyage. J'avais tellement peur de prendre l'avion! Même si je suis arrivé en Belgique sain et sauf, j'ai l'intention de…

— Alors, Simon, le vol turbulent semble être chose du passé! Tu t'adaptes rudement bien à la vie bruxelloise.

— Euh… oui.

S'il savait ce qui me trotte dans la tête…

Plus tard, au dîner – oups! ici, le midi, on dit «le déjeuner»! –, Victor Dupont tient sa promesse en m'offrant le fantastique gâteau aux trois chocolats. Ça vaut le détour, comme le répète souvent mon père devant un bon dessert.

Après le repas, ma mère et moi partons visiter la ville.

Je profite du moment où ma mère est bouche bée devant une vieille maison pour lui annoncer ma décision.

— Maman, j'aime autant te prévenir tout de suite : je ne retournerai pas au Québec en avion.

Elle tourne la tête vers moi, la bouche encore ouverte.

— QUOI ? Répète ce que tu viens de déclarer !

— Euh… Je ne veux pas revenir au Québec en avion.

— C'est bien ce que j'avais saisi. Dis-moi que c'est une plaisanterie !

— Non, ce n'est pas une blague.

D'ailleurs, elle ne rit pas du tout.

— Bon, Simon, ne gâche pas cette belle journée. Voilà, c'est réglé.

Comment ma mère peut-elle régler les choses si vite ? Elle continue à admirer les vieilles pierres comme si de rien n'était. Moi, j'ai des crampes au ventre. Et je suis sûr que ce n'est pas à cause du chocolat.

De retour à l'hôtel, je m'enferme dans la salle de bain. J'entends ma mère raconter à mon père notre visite de la ville. Sa réaction ne tarde pas : « Ah non ! Il ne va pas recommencer ! »

J'ai envie de rester barricadé ici toute la soirée. Ça leur apprendra ! Ils n'ont pas de cœur, mes parents ! Ils…

— Simon, sors de là, s'il te plaît, ordonne mon père.

Bof ! Mieux vaut affronter tout de suite la tempête ! J'obéis, la tête baissée, et cours me réfugier sur le lit, le visage enfoui dans l'oreiller.

Mon père s'approche de moi en douceur.

—Simon, tu as pris l'avion pour venir en Belgique et tu as constaté que ce n'était pas si terrible.

Il a la mémoire courte. C'était vraiment terrible!

Il continue:

—Nous repartirons dans une semaine. N'y pense pas tout de suite! Profite de la chance que tu as d'être à Bruxelles! Régale-toi de chocolat blanc, noir, au lait!

DRING! DRING! La sonnerie du téléphone interrompt ses efforts de persuasion.

—Bonjour, monsieur Dupont, répond mon père. Oui, nous sommes prêts. Nous vous rejoignons au restaurant.

Puis il passe une main dans mes cheveux.

—Allez, viens. Un bon souper va te changer les idées.

Les *idées*? Quand une idée nous donne des crampes, comment l'éliminer aussi facilement?

UNE PEUR PARTAGÉE

—**A**lors, mon jeune ami, tu as aimé ton après-midi ? Que penses-tu de Bruxelles ? Tu as goûté aux gaufres ?

Une vraie mitraillette de questions ! Je ne sais pas à laquelle répondre en premier.

—Je n'ai pas mangé de gaufres. Euh… j'avais trop mal au ventre.

— Pas à cause des chocolats chauds, tout de même ? interroge monsieur Dupont.

Ma mère me donne un coup de pied sous la table, probablement pour que je me taise. Je n'en tiens pas compte.

— Non. C'est à cause de l'avion… que je refuse de reprendre.

— Ah ! je vois. Oui, je vois.

Monsieur Dupont pose un doigt sur sa bouche. On dirait qu'il réfléchit à quelque chose de très sérieux. Il claque la langue et lance :

— Simon, je te propose de venir passer la matinée avec moi, demain. Si tes parents sont d'accord, bien sûr.

Non seulement mes parents semblent d'accord, mais ils ont l'air soulagés. Alors, j'accepte.

— Oui, ça me tente.

—À la bonne heure! Maintenant, mangeons! Si je peux me permettre, je vous suggère les moules poulette; elles sont excellentes, ici!

Le lendemain matin, je me retrouve dans le bureau de monsieur Dupont. Dans un coin, il y a un pouf en cuir. On dirait un gros bloc de chocolat. Nous nous assoyons sur les chaises en osier qui l'entourent.

—Simon, j'irai droit au but. Si je t'ai invité, ce n'est pas seulement pour profiter de ton agréable compagnie, mais aussi pour solliciter ton aide.

Comment monsieur Dupont peut-il avoir besoin de mon aide?

— Ah oui ? Pourquoi ?

— Je vais te présenter mon projet. Mais d'abord…

Il garde son index sur sa bouche quelques secondes.

— Hum… Ton mal de ventre d'hier semble avoir un lien avec… euh… les avions…

Je me lève d'un bond. J'aurais dû m'en douter ! Ce sont mes parents qui ont organisé cette rencontre !

— Mais que se passe-t-il, Simon ? Ai-je affirmé quelque chose qui t'a offensé ?

— C'est mes parents qui vous ont demandé de me convaincre, hein ?

— Mais non ! Ah, mon pauvre garçon, je ne croyais pas que ça t'affectait autant ! Si j'avais su, j'aurais fait preuve d'un peu plus de tact. Rassieds-toi, je vais t'expliquer.

Son explication a besoin d'être bonne!

—Eh bien, voilà: te voir aux prises avec la phobie des avions me ramène bien des années en arrière. J'ai eu mon baptême de l'air à 17 ans. J'ai tout de suite détesté. Au deuxième voyage, à 19 ans, j'étais affolé. J'éprouvais une peur si intense à l'idée de prendre l'avion qu'elle occupait toute la place.

—Je vous comprends!

—Cette phobie est devenue encore plus problématique après mon troisième vol. Je me rendais au Canada et… Ah! Je m'en souviens comme si c'était hier.

—Pourquoi?

—J'ai passé un été chez des parents de ma mère, qui possédaient une ferme dans le sud de l'Ontario. J'étais jeune, dynamique et… je suis tombé amoureux.

Follement amoureux. Elle s'appelait Marianne.

Monsieur Dupont se tait. Il fixe le haut du mur comme s'il y regardait un film passionnant.

Je tousse pour le sortir de son mirage.

— Excuse-moi, Simon. Où en étais-je? Ah oui! Marianne! Elle était belle comme un champ de blé qui se couche sous le vent. L'été s'est terminé bien trop vite. Je devais revenir à Bruxelles afin de poursuivre mes études.

— Et Marianne?

— Au cours de l'année, je suis retourné la voir à trois reprises. Avant chaque voyage, j'étais en proie à une telle peur que je vomissais avant de monter à bord de l'appareil. Quels efforts je faisais, tout de même!

— Vous vous êtes marié avec elle?

— Eh non! Ma phobie était si envahissante! J'ai fini par me convaincre que je n'aimais pas assez Marianne. Mais ce n'était pas ça, non, ce n'était pas ça. Et je l'ai longtemps regretté, crois-moi.

J'ai l'impression qu'il va se mettre à pleurer.

— Moi, mon amoureuse va demeurer dans MA ville!

— Ce ne sont pas des choses qui se planifient, mon brave Simon! Mais revenons dans le présent. Je ne t'ai pas fait venir ici pour te raconter mes chagrins d'amour! Vois-tu, ta présence à Bruxelles tombe pile.

— Ah oui?

— Dès ce soir, ma nièce Éléonore viendra habiter chez moi durant quelques jours. Elle a ton âge. Comme tu le sais, je n'ai pas eu d'enfants, et Éléonore est ma seule nièce. Je souhaite donc qu'elle prenne la relève de la chocolaterie un jour. Or, à la suite d'un événement malheureux, ma nièce a pris le chocolat en horreur. Une triste histoire, que je lui ai promis de garder secrète. Imagine : nous, c'est les avions ; elle, c'est le chocolat. Et, entre toi et moi, peut-on se priver davantage du chocolat qu'on peut se passer des avions ?

Monsieur Dupont pose encore une fois l'index sur ses lèvres.

— Alors, Simon, tu commences à voir la mission que j'envisage pour toi ?

— Une mission ? Euh… non. Je ne comprends pas qu'on puisse avoir peur du chocolat autant que des avions !

— C'est différent, bien entendu. Mais ce qu'elle éprouve doit ressembler plus ou moins à tes crampes abdominales. Et moi, je pense que tu pourrais réconcilier Éléonore avec le chocolat. Du moins, la persuader d'en manger de nouveau. Une fois, juste une fois et ce sera gagné. Cette mission te tente?

— D'accord, je veux bien essayer.

Une mission très facile! Tous les enfants aiment le chocolat! Éléonore a peut-être fait une indigestion après s'être empiffrée. Elle en est gênée et ne veut pas qu'on en parle. Oui, c'est sûrement ça!

— À la bonne heure! Alors, agent spécial Cacao, je vous confie la mission Chocolat!

Après m'avoir serré la main, il ajoute:

— Je dois te prévenir : ma nièce n'a pas un caractère facile, surtout ces temps-ci.

3

TRUFFE
EN DANGER

Quand je rencontre Éléonore au souper (ici, ils ne savent pas c'est quoi, le souper ; ils utilisent le mot « dîner » : c'est mêlant !), je me dis que monsieur Dupont a exagéré. Cette fille semble agréable.

Au début du repas, on se regarde à peine. Puis, Éléonore me fait des sourires. Après le dessert, son oncle propose :

— Les enfants, ça vous tenterait d'aller promener Truffe ?

Truffe, c'est le caniche de monsieur Dupont. Une petite chienne noire toute frisée. J'adore les chiens ! Alors, je suis le premier à répondre :

— Oui !

Éléonore va chercher la laisse sans un mot. Elle l'attache au chien en soupirant, comme si on lui imposait une grosse corvée.

— Tu viens ? me lance-t-elle.

Je trotte sur ses talons à la suite de Truffe. Monsieur Dupont nous met en garde :

— Surtout, tenez-la bien attachée. Le boulevard est très passant.

Dès que nous avons franchi la porte, Éléonore me tend la laisse.

— Tiens, ce n'est certainement pas moi qui vais me faire traîner par ce cabot ridicule.

Un caractère pas facile, m'avait prévenu monsieur Dupont. Je commence à comprendre !

Au premier coin de rue, Éléonore change d'idée.

— On voit que tu n'as pas l'habitude ! Passe-la-moi.

Je ne sais pas pourquoi, mais je lui obéis. Je n'aurais pas dû ! Elle détache la laisse !

— Hé ! Ton oncle nous a avertis de ne pas faire ça !

— Tu écoutes toujours les adultes, toi ? Eh bien, pas moi. J'ai déjà eu un chien, je sais comment m'y prendre.

Truffe en profite pour déguerpir. Elle court partout et s'apprête à traverser la rue. Malheur !

— Tu vois ce qui arrive ? La chienne va se faire écraser !

— Cesse de crier après moi ou je préviens mon oncle !

Je lui enlève la laisse des mains et je tente de rattraper Truffe. Heureusement, le flot des voitures l'a découragée de traverser la rue. Elle se contente de tourner en rond à toute vitesse autour des poteaux. Finalement, je réussis à l'attraper. Ouf !

Il ne faut pas que je me dispute avec Éléonore, car j'aimerais entreprendre ma mission dès ce soir. J'amorce une approche, en lui présentant des chocolats enveloppés que monsieur Dupont m'a donnés.

— Tu es chanceuse d'avoir un oncle chocolatier !

— Pourquoi ? Je déteste le chocolat !

Sur ces paroles, elle donne une tape sur ma main. Les chocolats tombent par terre. Zut ! Ma première tentative est ratée.

Au retour, Éléonore redevient aussi gentille que pendant le repas.

— Alors, les jeunes, vous avez fait une belle promenade?

— Oh oui, tonton!

Quelle hypocrite!

— J'aurais parié que vous vous entendriez bien. Écoutez, pendant votre absence, j'ai été inspiré, je crois. Éléonore, que penserais-tu d'amener ton nouvel ami à l'école demain? Ce serait une belle expérience pour lui. N'est-ce pas, Simon?

Je suis estomaqué! Quelle horrible idée! Éléonore semble d'accord avec moi. Elle répond aussitôt:

— Il va s'ennuyer!

— Mais non! insiste monsieur Dupont. Et toi, tu épateras tes camarades avec un jeune Canadien!

Elle soupire.

— Bon, d'accord.

Je regarde mes parents avec des « Sauvez-moi ! » dans les yeux. Mais eux, ils ont plutôt des « Quelle mignonne petite fille ! » dans les leurs.

Tiens, je vais donner un nom de code à Éléonore pour la mission Chocolat. Ce sera « Mignonne ».

Mes parents donnent le signal du départ. En les attendant près de la porte, j'entends une discussion.

— La petite s'en remet mal, chuchote monsieur Dupont. C'est pourquoi ses parents me l'ont confiée cette semaine pendant qu'ils font le tri des meubles.

— Pauvre Éléonore ! compatissent mes parents.

Oh ! Je comprends maintenant pourquoi elle est d'humeur exécrable. Et pourquoi son oncle la garde cette semaine. Ses parents sont en train de se séparer ! Je parie qu'elle s'est gavée de chocolat pour essayer de se consoler et qu'elle en a été malade. Mais ce n'est pas une raison pour mettre la vie de Truffe en danger ! Bon, je veux bien lui laisser une chance. Je dois admettre que si mes parents se séparaient, j'aurais beaucoup de peine.

4

ILS SONT SI BONS,
CES CHOCOLATS !

Le lendemain matin, durant le trajet pour nous rendre à l'école, monsieur Dupont transmet ses recommandations à sa nièce.

— Présente bien ton nouvel ami aux élèves de ta classe. Ce n'est pas tous les jours qu'une telle visite se pointe dans une école de Bruxelles !

Je compte sur toi pour que Simon passe une belle journée.

Avant que je descende de l'auto, il me remet une boîte en carton doré entourée d'un ruban rouge.

— Tiens, mon brave. Avec ce ballotin, tu te feras certainement des alliés.

Aussitôt que monsieur Dupont est hors de vue, Éléonore m'arrache la boîte.

— C'est à moi de donner ces chocolats! Je suis sa nièce, après tout!

— Mais tu n'aimes même pas ça!

— Et puis?

En entrant dans l'école, je me sens les mains vides. Encore plus vides que si je n'avais pas tenu cette boîte pendant 30 secondes.

Une dame à l'air sévère m'accueille.

— Vous êtes Simon Boulva?

Je fais oui de la tête.

— Monsieur Dupont m'a prévenue de votre séjour parmi nous. Bienvenue dans notre école. Mais… mieux vaudrait vous délier la langue. Sinon, les élèves vous regarderont comme si vous étiez un chien de faïence.

Je ne sais pas c'est quoi, un chien de *fanience*, mais je me dis que ça ne doit pas être joli.

La directrice prend la boîte de chocolats d'Éléonore.

— Holà! Nous n'allons pas exciter les enfants avec ces trucs à 9 heures du matin, n'est-ce pas? Je vous les redonnerai ce midi.

J'aurais envie de l'avertir: «N'oubliez pas, car l'agent Cacao a besoin de cette boîte pour accomplir sa mission!» Je regarde plutôt Mignonne-la-boudeuse d'un air moqueur.

Dès son entrée dans la classe, elle se rend à son pupitre sans s'occuper de moi. La maîtresse me reçoit en me tendant la main.

— Bonjour, Simon! Je m'appelle Christine. Viens à côté de ta copine. J'ai libéré un pupitre pour toi.

Pendant que je m'assois, *ma copine* tourne la tête dans l'autre direction. La maîtresse la rappelle à l'ordre.

— Éléonore, viens à l'avant nous présenter ton ami canadien.

Mignonne lève les yeux au plafond, mais obéit tout de même.

— Eh bien, vous l'avez tous vu. Il s'appelle Simon Boulva et c'est un Québécois du Canada.

Elle retourne aussitôt à sa place. Moi, j'ai l'impression de fondre, comme un chocolat oublié dans le fond d'une poche. Tous les enfants

me dévisagent. Je me sens aussi intimidé que lorsque j'ai commencé ma troisième année dans une nouvelle école.

C'est la matinée la plus longue de ma vie. Deux questions me hantent. La première : avec qui je vais manger ce midi, car je me doute bien qu'Éléonore ne s'occupera pas de moi. La deuxième : comment récupérer la boîte de chocolats.

Pour le dîner, Christine vient à mon secours lorsqu'elle voit Éléonore quitter la classe en me laissant seul.

— Simon, je suis désolée du comportement d'Éléonore. Je me demande quelle mouche l'a piquée aujourd'hui.

— C'est peut-être à cause de ses parents !

— Ses parents ?

—Oui… euh… eh bien, leur séparation!

Ouille! Pourquoi ai-je parlé de ça?

—Ah bon! Je n'étais pas au courant. On aurait dû me prévenir. Alors là, ça se comprend. Pauvre petite! C'est certainement récent. Il n'y a pas si longtemps, ses parents sont venus ensemble à la rencontre semestrielle. Ils ne m'en ont pas glissé mot. Pourtant, avec ce qu'ils ont vécu… Mais bon, viens manger dans la salle des enseignants. Je vais partager mon casse-croûte avec toi.

À la fin du repas, la directrice me remet la boîte de chocolats. Comme je suis poli, j'en offre aux gens qui sont dans la salle. Oh non! La boîte se vide à un rythme effarant!

« Ah! les chocolats de monsieur Dupont! »

«Merci, Simon. Ils sont si délicieux!»

«On en prend un et on ne peut plus s'arrêter!»

La boîte est vide maintenant. Au retour en classe, Éléonore est furieuse.

— Mon oncle nous avait remis ces chocolats pour MA classe! Si tu voulais te faire des amis, eh bien, tu as raté ton coup!

— Qu'est-ce que ça peut te faire? Tu détestes le chocolat!

— Oui! Et je te déteste encore plus!

À force de fréquenter cette peste, j'aurai peut-être envie de reprendre l'avion, finalement!

La mission Chocolat n'a pas avancé d'un gramme aujourd'hui.

5

SAUTES D'HUMEUR

Monsieur Dupont nous invite encore une fois à souper. Euh… à dîner. Lorsqu'il m'interroge sur ma visite à l'école, je laisse Éléonore répondre. Incroyable! À l'écouter, on croirait qu'elle s'est occupée de moi toute la journée.

— Alors, les enfants, vous aimeriez revivre cette « magnifique expérience » demain ?

— Tu oublies, cher oncle, qu'on n'a pas d'école ni demain ni vendredi.

— Ah, c'est vrai! Où avais-je la tête? C'est congé. Eh bien, puisque vous êtes sans doute devenus inséparables, je vous emmènerai à la chocolaterie. Vous m'aiderez à préparer les gourmandises pour le Festival du chocolat de Bruges.

— Ah zut! Tu ne penses qu'au chocolat! Il n'y a pas autre chose dans ta vie?

L'humeur de Mignonne vient de changer radicalement encore une fois. On dirait qu'elle est allergique au chocolat, sans même en manger. Juste le mot suffit à la faire choquer. C'est un peu comme pour moi avec le mot «avion».

Alors qu'elle se précipite vers la salle de bain, son oncle nous fait signe de la laisser aller.

— Ce n'est pas grave. Elle est un peu secouée d'être ici, sans ses parents. Ça va s'arranger…

Mais monsieur Dupont semble triste.

Malgré la saute d'humeur d'Éléonore, je reprends mon rôle d'agent Cacao au cours de la soirée. Mais au lieu de tenter de pousser Mignonne à manger du chocolat, j'essaie de percer son secret.

— Je me souviens de la fois où je me suis gavé de chocolat en cachette. Mon poisson rouge venait de mourir et j'avais beaucoup de peine.

— Tu aurais dû le faire griller et le bouffer ! me lance Éléonore.

En tout cas, si ce n'est pas une allergie, c'est un autre problème qui rend sadique !

Au retour à l'hôtel, je raconte à mes parents comment s'est VRAI-MENT déroulée la journée avec Éléonore.

— De quelle façon je vais pou-voir la convaincre de manger du chocolat si elle ne peut même pas me sentir ?

— Pourtant, tu ne sens pas le chocolat ! rigole mon père.

— Très drôle ! Je vais annoncer à monsieur Dupont que l'agent Cacao laisse tomber sa mission.

— Tu ne vas pas abandonner si vite! proteste ma mère. Je sais que sa nièce a des raisons pour être plutôt difficile ces temps-ci. Je ne peux rien te révéler, mais… Sois patient avec elle, d'accord?

Pourquoi tout ce mystère? Des parents qui se séparent, il n'y a pas de quoi faire autant de cachotteries, il me semble!

6

À FLEUR
DE PEAU

Le lendemain matin, je me sens d'attaque. La mission Chocolat s'avère plus difficile que prévu, mais tout n'est pas perdu. Je vais essayer une stratégie différente.

À notre arrivée à la chocolaterie, je constate qu'Éléonore est de meilleure humeur qu'hier. Mais je me méfie. Elle est capable de changer très vite d'attitude.

— Venez voir comment on prépare les chocolats au caramel à la fleur de sel, nous propose monsieur Dupont.

— Yark! s'écrie Éléonore.

Dans une grande cuve en fonte, une employée brasse du chocolat fondu.

— C'est le conchage, décrit monsieur Dupont. À cette étape, on ajoute le beurre de cacao.

Dans une autre cuve, le caramel est agité par un mélangeur géant. Ça sent tellement bon! Ensuite, nous allons assister à l'étape suivante, celle où le chocolat est étalé sur du marbre pour être refroidi. Lorsqu'il atteint la température idéale, il est versé dans des moules. Le caramel est alors ajouté ainsi que quelques grains de sel.

Je me tourne vers monsieur Dupont :

— Je ne savais pas que le sel venait d'une fleur !

— Ce que tu es bête ! réagit aussitôt Éléonore.

Monsieur Dupont la rabroue.

— Éléonore ! On ne traite pas les gens ainsi ! Tu sais tout, toi ?

Puis il m'explique.

— On parle de « fleur de sel » parce que ce sel est recueilli à fleur d'eau, à la surface de l'eau, si tu préfères. Il est sous forme de cristaux assez légers pour flotter, alors que les cristaux plus gros tombent au fond des marais salants. Tenez, goûtez à ces merveilles !

Il nous tend un plateau bien rempli de petits carrés chocolatés.

Moi, je salive. Éléonore pince les lèvres. Pourtant, j'avais cru voir une étincelle de gourmandise dans ses yeux.

Un homme s'approche de nous.

— Monsieur Dupont, il y a un appel téléphonique pour vous.

— Ah! Eh bien, les enfants, continuez à vous régaler. Enfin, toi, Simon, puisque ma chère nièce ne se laisse pas tenter. Je reviens dans quelques minutes.

C'est l'occasion idéale…

— Éléonore, as-tu déjà goûté à ces chocolats?

— Oui.

— Alors, pourquoi tu n'en veux pas?

— Parce que.

— Parce que quoi?

— Ah! tu m'énerves, à la fin! Ça n'est pas de tes affaires!

Pourtant, elle n'arrête pas de regarder les chocolats! Oui, je suis certain qu'elle en a envie. Ses yeux la trahissent! Mais pourquoi s'en prive-t-elle? Moi, quand j'ai vomi après avoir mangé trop de chocolat, ça ne m'a pas empêché d'en reprendre!

Le retour de monsieur Dupont vient court-circuiter mes efforts d'agent spécial Cacao!

— Allons assister maintenant à la mise en ballotin, décide-t-il.

Dans le couloir qui nous mène à une autre salle, une forte odeur vient me chatouiller les narines. Je crois bon d'en avertir les autres:

— On dirait que quelque chose brûle!

Éléonore s'arrête net. Elle renifle à petits coups, comme un chien. En agitant les bras, elle se met à crier:

— Au feu!

Elle trépigne autour de son oncle en tirant la manche de son veston.

— Il y a le feu ! Allons-nous-en !

Monsieur Dupont reste calme. Il prend sa nièce par les épaules et l'entraîne plus loin. Elle se débat en continuant à crier : « Au feu ! » Quel poison à rat ! Pourquoi fait-elle une scène comme celle-là ? Pour s'attirer toute l'attention de son oncle ?

Monsieur Dupont me rassure :

— Ne t'inquiète pas, Simon. Ils sont en train de faire chauffer les amandes pour une autre de nos spécialités : le chocolat aux amandes grillées. Cette opération dégage parfois une odeur surprenante. Pendant que je m'occupe d'Éléonore, tu peux aller patienter dans mon bureau.

Je les ai attendus longtemps. Quand ils sont enfin revenus, Éléonore avait les yeux rouges.

Ce soir-là, je suis allé manger au restaurant avec mes parents. Puis, nous avons marché dans les rues de Bruxelles et nous sommes entrés dans un cinéma. Il était presque 10 heures ! Je me suis endormi dès les premières minutes du film.

7

UNE JOURNÉE
TRÈS CHOCO…

Déjà la dernière journée de la semaine! Demain, je suis censé remonter dans un avion! Je fais de gros efforts pour penser seulement à ma mission…

Je crois que cette journée sera la bonne! Mes parents, Éléonore, monsieur Dupont et moi allons à l'événement Choco-Laté, le Festival du chocolat de Bruges, une autre ville de Belgique. Si je n'y réussis pas ma mission, je déclarerai mission impossible!

Dans la voiture, qui bavarde sans arrêt? Victor Dupont, évidemment!

— À cause des nombreux canaux qui la traversent, on appelle Bruges la Venise du Nord. Mais ce qui fait son charme, ce sont ses 45 magasins de chocolat! Au Festival, il y aura plus de 70 exposants et un choco-village interactif pour les enfants. Si nous en avons le temps, nous pourrons aussi aller visiter Choco-Story, le musée du chocolat de Bruges. Alors là, je vous en promets! Pour les jeunes, c'est extrêmement éducatif!

Sa présentation continue sans interruption pendant une heure. Mignonne somnole à mes côtés. À notre arrivée à Choco-Laté, elle se met en mode « bouderie ». Je ne peux pas croire qu'elle va passer la journée ici sans manger un seul chocolat! Ça sent extraordinairement bon! On peut goûter à 56 millions de sortes. J'exagère un peu…

Au début de la visite, monsieur Dupont parcourt les allées de l'exposition en nous tenant par les épaules, Éléonore et moi. Il nous fait rencontrer des gens qu'il connaît. En fait, il semble connaître tout le monde ici. Plusieurs l'abordent :

— Hé, Victor, tu es bien entouré ce matin!

— Victor, viens me présenter ces beaux enfants! Je vais leur faire goûter les meilleurs chocolats belges!

Éléonore se libère rapidement de l'étreinte de son oncle. Je décide de la suivre en cachette. Quand je verrai que sa résistance faiblit, je passerai à l'attaque Cacao!

Je me laisse distraire par les nombreuses dégustations offertes au public. Chocolat chaud aromatisé à la cannelle, truffes vanillées, barres de chocolat au lait et aux noisettes, pralines à l'orange… Ma gourmandise me fait perdre la trace d'Éléonore. Mignonne, où es-tu? Il faut que je la retrouve.

Je croise mon père.

— As-tu vu Mi… euh… Éléonore?

— Non, Simon. Mais toi, sais-tu où est ta mère?

— Non.

Nous repartons chacun de notre côté. Tout à coup, je les aperçois. Ma mère est assise sur un banc avec la chipie. Je reste loin pour qu'elles ne me voient pas, mais je devine leur sujet de conversation. Ma mère caresse la main

d'Éléonore en lui parlant doucement.
Elle doit discuter de la séparation
de ses parents, la consoler, lui dire
que ça va s'arranger.

Soudain, ma mère m'aperçoit.
Elle me fait signe de venir les
rejoindre.

— Simon, nous allons casser la
croûte. Éléonore meurt de faim.

— Pas moi, j'ai mangé plein de
chocolat!

— Eh bien, il est temps que tu te nourrisses d'autres choses, rétorque ma mère.

— Mais je n'ai pas faim!

— Écoute, Simon, il faut tout de même prendre un repas! Et pour faire plaisir à Éléonore, je suggère que nous sortions d'ici. Allons trouver un resto sympathique dans la ville!

Ai-je bien entendu? *Pour faire plaisir à Éléonore!* Pourquoi se préoccupe-t-elle autant de cette fille et pas de moi? Pourquoi cette Mignonne-pas-mignonne-du-tout accapare toute l'attention, en tout cas celle de son oncle et celle de ma mère? J'en ai assez! Et j'abandonne la mission Chocolat. Tant pis pour Victor Dupont. Il lèguera sa chocolaterie à quelqu'un d'autre.

— Alors, Simon, tu viens?

—Non! Je vais manger avec papa. Je trouve ça stupide de venir au Festival du chocolat et de ne pas en profiter.

Je dévisage Éléonore pour lui faire sentir que mon reproche lui est destiné. Je tourne les talons et je disparais dans la foule avant que ma mère ait eu le temps de réagir.

LE SECRET
DE MIGNONNE

Ma mère n'a pas aimé mon attitude du midi. Elle ne se gêne pas pour me sermonner dès notre retour à l'hôtel, à la fin de la journée. Je lui explique alors à quel point Éléonore me tombe sur les nerfs. J'ai beau lui rappeler les répliques bêtes de celle-ci, mimer ses grimaces, ma mère prend encore sa défense.

—Son attitude peut te sembler bizarre, mais il faut être tolérant. Elle réagit à…

—Je sais que ses parents se séparent, mais je trouve qu'elle exagère! Ce n'est pas la fin du monde!

Ma mère me regarde comme si je venais de lui annoncer qu'Éléonore est une extraterrestre. Elle balbutie:

—Ses parents… se… séparent? C'est… euh… Éléonore qui t'a dit ça?

—Non. Mais j'ai entendu monsieur Dupont vous raconter qu'elle s'en remettait mal. Et que si elle passe la semaine chez lui, c'est parce que ses parents se partagent les meubles.

Ma mère s'esclaffe. Franchement! Ce n'est pas très gentil pour Éléonore (même si elle est insupportable!) de rire de la séparation de ses parents!

— Mon pauvre Simon! Qu'est-ce que tu as imaginé? Ses parents ne sont pas du tout en train de se séparer! Viens, je vais te raconter.

J'apprends que la maison d'Éléonore a passé au feu. Ce soir-là, elle se faisait garder. Pendant que la gardienne regardait la télé à l'étage, Éléonore a décidé de cuisiner. Elle a commencé à faire fondre des pastilles de chocolat sur la cuisinière. Puis, elle est allée en haut, où une dispute a éclaté au sujet de l'heure du coucher. Pendant ce temps, la sauce était en train de brûler sur la cuisinière. Éléonore avait oublié son projet de dessert… Plus tard dans la soirée, l'incendie s'est déclaré. Heureusement, Éléonore et la gardienne ont pu sortir de la maison sans subir de blessures. Mais le rez-de-chaussée de la maison a été endommagé.

Maintenant, je comprends un peu mieux le comportement de Mignonne…

— C'est pour ça qu'elle a eu peur de l'odeur de brûlé aujourd'hui!

— Sûrement! Mais promets-moi de ne pas lui dire que tu connais son secret. Un jour, elle finira par le dévoiler. Mais en ce moment, elle tente tout simplement de gérer sa peine et sa nervosité à sa façon. Il faut respecter ce besoin. D'accord?

— O.K. Mais pourquoi elle ne veut pas en parler?

— Parce qu'elle se sent coupable. Horriblement coupable. Car si elle n'avait pas entrepris de faire seule cette sauce au chocolat, le feu ne se serait pas déclaré. En fait,

la gardienne aurait dû être plus vigilante. Mais c'est difficile de juger… Un accident est un accident.

Demain, nous retournons au Québec. Monsieur Dupont et Éléonore viendront nous reconduire à l'aéroport. Voler en avion me traumatise toujours autant, j'avais même avisé mes parents que je ne remonterais pas dans un de ces engins. Mais maintenant que je connais la vérité sur Éléonore, j'ai trouvé une bonne idée pour réussir la mission Chocolat. Ça pourrait même m'aider à surmonter ma propre peur…

MISSION
CHOCOLAT

En arrivant à l'aéroport, je m'adresse en catimini à monsieur Dupont.

— J'ai un plan pour réussir la mission Chocolat. Pouvez-vous encourager Éléonore à me suivre ? Nous donner de l'argent pour qu'on aille s'acheter un chocolat chaud, ou quelque chose du genre ?

—Alors, tu prends ton rôle d'agent spécial au sérieux jusqu'à la dernière minute? Mais ne t'en fais pas trop si tu échoues…

—Si j'avais su la vérité avant, je m'y serais pris autrement.

—Ah bon? Tes parents t'ont mis au courant? Tu vas tenir ta langue, n'est-ce pas? J'avais promis à Éléonore de garder le secret.

Il me lance un clin d'œil avant de s'adresser aux autres.

—Victoire et Gabriel, laissons les enfants aller se promener. Simon pourra déguster un dernier chocolat chaud belge.

Éléonore fait la moue. Mais quand son oncle lui remet 20 euros, son sourire revient.

—On se rencontre tous ici à 11 heures pile, précise mon père.

Éléonore m'entraîne au restaurant. Chocolatine et chocolat chaud pour moi, croissant aux amandes et jus d'orange pour elle. Dans mes poches, j'ai les munitions nécessaires pour accomplir ma mission.

Assis face à face, nous mangeons sans nous adresser la parole. Je répète, dans ma tête, les mots que j'ai préparés. La dernière bouchée avalée, je plonge.

— Tu sais, j'ai une peur bleue de prendre l'avion. Pendant le vol qui nous emmenait en Belgique, j'ai fait une grosse crise devant tout le monde. Je me roulais par terre dans l'allée. Je pleurais et criais comme un bébé de 2 ans.

— Ah oui?

Éléonore se montre vraiment surprise.

— Oui. À notre arrivée, j'avais même prévenu mes parents que je ne reprendrais pas l'avion pour revenir chez nous.

— Alors, qu'est-ce que tu fais ici ce matin ?

— Je crois que le chocolat m'a aidé.

Elle me lance un regard méfiant. Je corrige aussitôt :

— Je voulais dire : je crois que le chocolat PEUT m'aider.

Je sors de ma poche un mini ballotin contenant deux chocolats au caramel à la fleur de sel. Je le place au milieu de la table.

— Voilà. Si tu acceptais de manger un chocolat, je ferais la promesse de me contrôler cette fois-ci. Pas de crise. Même si en ce moment, je tremble de partout. Tu comprends ? Ma peur ne se raisonne pas, alors j'ai pensé que de voir quelqu'un avoir du courage m'en donnerait. Tu veux m'aider ?

Je regarde Éléonore dans les yeux. Elle hésite. Pourquoi me

ferait-elle plaisir, après tout? Va-t-elle se soucier de mon problème alors qu'elle m'a fait la vie dure toute la semaine? Elle doit se demander si je suis au courant pour l'incendie. Je continue avec prudence pour ne pas trahir monsieur Dupont.

— Éléonore, peut-être que tu ne peux pas comprendre ma peur, et je ne sais pas pourquoi tu ne veux plus manger de chocolat, mais je te jure que ça m'aiderait de te voir en manger. As-tu déjà utilisé ce truc-là? Faire une promesse juste pour te donner du courage? Moi, ce matin, je me suis dit: «Si Éléonore mange un chocolat, je promets de rester calme jusqu'à l'atterrissage de l'avion.»

Elle me dévisage en silence. Les secondes passent… Tout à coup, elle prend le chocolat et le met tout entier dans sa bouche. Puis, elle me sourit en le mâchant. En même temps, ses yeux s'embuent de larmes. C'est comme un arc-en-ciel : il pleut et il fait soleil en même temps.

À 11 heures pile, je retrouve les adultes au point de rencontre. Je montre discrètement un pouce en l'air à monsieur Dupont pour l'informer de ma victoire.

Lorsque vient le temps de se présenter à la porte d'embarquement, mes parents me jettent un regard inquiet. Ils ont probablement peur de ma réaction, que je me mette à pleurer et que je menace de ne pas monter dans l'avion. Mais, ils ne sont pas au courant du pacte que je viens de conclure avec Éléonore. Ma mère me serre contre elle.

Dans l'avion, je regarde partout pour voir Marie-Sophie, qui m'a

tellement aidé à l'aller. Malheureusement, elle n'est pas là.

À peine suis-je assis à ma place que mon père me tend une enveloppe.

— Tiens, Simon, notre ami Victor Dupont m'a chargé de te remettre cette lettre.

Je l'ouvre et en sors une feuille pliée en quatre. Je lance un œil interrogateur à mon père.

— Il l'a écrite pendant que nous attendions tantôt.

Cher agent Cacao,

Prendre un bon chocolat chaud en ta compagnie va me manquer. Au moment où j'écris ces mots, je ne sais pas encore si tu as réussi la mission que je t'avais confiée. Tu es en train de faire ta dernière tentative auprès d'Éléonore. Mais c'est sans importance. En effet, la vie suivra son cours et je suis sûr que ma nièce recommencera à manger du chocolat. Et je dois t'avouer que la mission Chocolat faisait partie d'une autre que je m'étais secrètement confiée : la mission Simon. J'avais décidé de t'occuper à tel point pendant ton séjour à Bruxelles que tu ne penserais pas à l'avion. Pour ça, je crois que j'ai réussi. J'avais le même objectif face à ma nièce. Qu'elle oublie le drame de l'incendie. Là, je suis moins certain de mon succès.

Je vais maintenant te révéler la dernière partie du secret d'Éléonore. Un épisode que je n'avais même pas raconté à tes parents. Si ma nièce éprouve tant de difficulté à se remettre de l'incendie, c'est qu'il a fait une victime : son chien Picolo. C'est d'autant plus tragique que ce n'est ni le feu ni la fumée qui l'a tué. Le pauvre caniche a fui la maison enfumée, mais trop vite.

Il a traversé la rue à toute vitesse et s'est fait frapper. Tu comprends qu'Éléonore se sente coupable de sa mort, même si elle a tort de se mettre cette responsabilité sur les épaules.

Voilà, tu sais tout maintenant. Ce fut un réel plaisir de te connaître. Tu as la détermination nécessaire pour devenir un agent spécial... très spécial. Ou un patron de chocolaterie, ce qui serait tout de même moins mouvementé comme boulot. J'espère que tu reviendras en Belgique et que nous partagerons d'autres bons chocolats chauds !

Amicalement,
Victor Dupont

Je montre la lettre à mes parents. Puis, je leur décris comment j'ai finalement réussi ma mission.

Dans le visage de ma mère, je vois mon deuxième arc-en-ciel de la journée.

Les bruits de l'avion me sont un peu plus familiers cette fois-ci. Dans ma tête, je revois Marie-Sophie qui me tient la main, qui me rassure. Je vois aussi Éléonore prenant plaisir à manger un chocolat. Ces images me réconfortent, m'aident à tenir le coup… Je devrais plutôt dire : m'aident à tenir le vol…

Malgré tout, le jour où j'aurai une amoureuse, j'espère qu'elle habitera très près de chez moi.

TABLE DES MATIÈRES

Andrée-Anne
Gratton

Vous l'aurez deviné : j'aime beaucoup le chocolat. Gâteau au chocolat, biscuits au chocolat, glace au chocolat, fondue au chocolat, lait au chocolat… J'ai eu la chance d'aller à Bruxelles et j'y ai mangé le fameux gâteau aux trois chocolats dont je parle dans ce roman. Ça vaut le détour, comme le dit si bien le père de Simon ! Un jour, je deviendrai peut-être chocolatière…

Si vous voulez partager avec moi votre passion pour le chocolat ou m'envoyer un commentaire sur mon livre, voici mon courriel :

agratton@videotron.ca

Collection Sésame